DISCOURS

DE LA LANTERNE

AUX PARISIENS.

Qui malè agit odit lucem. S. MATHIEU.
Les fripons ne veulent point de Lanterne.

EN FRANCE,

L'an premier de la liberté.

LA LANTERNE.

AUX PARISIENS.

BRAVES PARISIENS,

Quels remerciemens ne vous dois-je pas ?
Vous m'avez rendue à jamais célebre & bénie
entre toutes les lanternes. Qu'eſt - ce que la
lanterne de Soſie ou la lanterne de Diogene,
en comparaiſon de moi ? Il cherchoit un
homme, & moi, j'en ai trouvé 200 mille.
Dans une grande diſpute avec ce Louis XIII,
mon voiſin, je l'ai obligé de convenir que
je méritois mieux qne lui le ſurnom de juſte.
Chaque jour je jouis de l'extaſe de quelques
voyageur Anglois, Hollandois, ou des Pays-
Bas, qui me contemplent avec admiration ;
je vois qu'ils ne peuvent revenir de leur ſur-
priſe, qu'une lanterne ait fait plus en deux
jours que tous leurs héros en cent ans. Alors
je ne me tiens pas d'aiſe, & je m'étonne qu'ils
ne m'entendent pas m'écrier : Oui, je ſuis la
reine des lanternes.

Citoyens, je veux me rendre digne de

A

l'honneur qu'on m'a fait de me choifir. Le public fe groupe & fe renouvelle fans ceffe autour de moi. Je n'ai pas perdu un mot de ce qui s'y eft dit; j'ai beaucoup obfervé, & je demande auffi la parole.

Avant de venir aux reproches que je voudrois bien n'avoir point à faire à la Nation, d'abord elle recevra de moi les complimens qui lui font dus. Dans les dernieres ordonnances, on remarque un ftyle tout nouveau. Plus de *Louis, par la grace de Dieu;* plus de *Car tel eft notre plaifir.* Le Roi fait à fon armée l'honneur de lui écrire; il demande aux foldats leur affection. Je n'aime pas qu'il la demande au nom de fes ancêtres, & on voit bien que le Libraire Blaizot ne lui a point remis d'exemplaire d'une certaine brochure où on a fait les portraits de fes peres. Au demeurant, la lettre eft des plus polies. Le nouveau fecrétaire de la guerre connoît les bienféances, & ce ftyle m'enchante.

N'avez-vous pas remarqué encore que le cri de vive le Roi n'eft plus fi commun, & & vieillit comme le cri Montjoie Saint-Denis. Autrefois, fi les Parifiens avoient donné au Prince un vaiffeau, ou accordé un octroi, au lieu de crier : Vive la bonne ville de Paris !

on crioit : Vive le Roi ! Si nous avions battu
les Impériaux , au lieu de crier : Vive nos
Soldats ! vive Turenne ! fous leurs tentes
remplies de bleffés , les bonnes gens crioient:
Vive le Roi ! pendant qu'à cent lieues de là ,
le Roi repofoit mollement fous les pavillons de
la volupté , où pourfuivoit un daim dans la
forêt de Fontainebleau. Dernierement encore,
dans la nuit du 4 août , lorfque la Nobleffe , & les Communes difputoient de facrifices , fe dépouilloient à l'envi , & qu'on
entendoit de toutes parts dans l'Affemblée
nationale ces mots touchans , nous fommes
tous égaux , tous amis , tous freres ; au lieu
de s'écrier : Vive le Vicomte de Noailles ,
vive le Duc d'Aiguillon , vive Montmorenci ,
Caftellane , vive Mirabeau qui leur a donné
l'exemple , vive la Bretagne , vive le Langue-
doc , l'Artois & le Béarn , qui facrifient fi
noblement leurs priviléges , n'a-t-on pas vu
M. de Lally s'égofiller à crier : Vive le Roi,
vive Louis XVI , reftaurateur de la liberté
françoife ! Il étoit lors deux heures après minuit , & le bon Louis XVI , fans doute dans
les bras du fommeil , ne s'attendoit guere
à cette proclamation , à recevoir , à fon lever,
une médaille , & qu'on lui feroit chanter,

A 2

avec toute la Cour , un fâcheux *Te Deum*
pour tout le bien qu'il venoit d'opérer. M. de
Lalli , rien n'eft beau que le vrai.

Aujourd'hui l'Affemblée nationale femble
mieux fentir fa dignité. M. Target en a
fait l'expérience , lorfque , fuivant le vieux
ftyle , ayant commencé fa derniere adreffe par
ces mots : Sire , nous apportons aux pieds de
Votre Majefté , on lui cria : A bas les pieds.
Ce qui doit confoler l'honorable membre de
cette difgrace , c'eft l'adreffe de remerciement
qu'il vient de recevoir de la part des anguilles
de Melun , fur fon furfis au droit de pêche.
François , vous êtes toujours le même peuple ,
gai , aimable , & fin moqueur. Vous faites
vos doléances en vaudevilles , & vous don-
nez dans les diftriacts votre fcrutin fur l'air de
Malbroug. Mais ce peuple railleur , la nuit
du 4 août s'éleve au deffus de toutes les nations. On a bien vu chez les autres peuples
le patriotifme faire des facrifices , & les femmes , dans les calamités , porter leurs pierre-
ries au tréfor public : les dames Romaines fe
dépouilloient de leur or ; mais il leur falloit
des diftinactions , des litieres , des chars , des
ornemens exclufifs , & du rouge ; autrement ,
difoient-elles , & fi on ne révoque la loi

Appia, nous ne ferons plus d'enfans. Il étoit réfervé aux dames Françoifes de renoncer même aux honneurs, & de ne plus vouloir de diftinctions que celles dont les vertus ne fauroient fe défendre, les bénédictions du peuple.

François, eft-ce que vous n'inftituerez pas une fête commémorative de cette nuit où tant de grandes chofes ont été faites fans les lenteurs du fcrutin, & comme par infpiration ? C'eft cette nuit, devez-vous dire, bien mieux que de celle du famedi faint, que nous fommes fortis de la miférable fervitude d'Egypte. C'eft cette nuit qui a exterminé les fangliers, les lapins, & tout le gibier qui dévoroit nos récoltes. C'eft cette nuit qui a aboli la dixme & le cafuel. C'eft cette nuit qui a aboli les annates & les difpenfes, qui a ôté les clefs du ciel à un Alexandre VI, pour les donner à la bonne confcience. Le Pape ne levera plus maintenant d'impôt fur les careffes innocentes du coufin & de la coufine. L'oncle friand peut coucher avec fa jeune niece, n'aura plus befoin de demander qu'à elle une difpenfe d'âge. C'eft cette nuit qui, depuis le grand réquifiteur Seguier jufqu'au dernier Procureur fifcal de village, a détruit la tyrannie de la

robe. C'eſt cette nuit qui, en ſupprimant la
vénalité de la magiſtrature, a procuré à la
France le bien ineſtimable de la deſtruction
des Parlemens C'eſt cette nuit qui a ſupprimé
les juſtices ſeigneuriales & les duchés-pairies,
qui a aboli la main-morte, la corvée, le cham-
part, & effacé de la terre des Francs tous les
veſtiges de la ſervitude. C'eſt cette nuit qui
a réintégré le François dans les droits de
l'homme, qui a déclaré tous les citoyens
égaux, également admiſſibles à toutes les
dignités, places, emplois publics, qui a arraché tous les offices civils, eccléſiaſtiques,
& militaires, à l'argent, à la naiſſance, & au
Prince, pour les donner à la Nation & au
mérite. C'eſt cette nuit qui a ôté à une Madame de Béarn ſa penſion de quatre-vingt
mille livres, pour avoir été ſi dévergondée
que de préſenter la Dubarry; qui a ôté à
Madame d'Eſpr. ſa penſion de vingt mille
livres, pour avoir couché avec un Miniſtre.
C'eſt cette nuit qui a ſupprimé la pluralité de
bénéfices, qui a ôté à un Cardinal de Lorraine
ſes vingt-cinq ou trente évêchés, à un Prince
de Soubiſe ſes quinze cent mille livres de penſion, à un Baron de Beſenval ſes ſept à huit
commandemens de province, & qui a inter-

dit la réunion de tant de places qu'on voit
accumulées sur une seule tête dans les épîtres
dédicatoires & les épitaphes. C'est cette nuit
qui a fait le Curé Grégoire Evêque, le Curé
Thibaut Evêque, le Curé du vieux Poufan-
ges Evêque, l'Abbé Syeyes Evêque. C'est
elle qui ôte aux Eminences leur calotte rouge,
pour leur donner la calotte de Saint Pierre;
qui a ôté à leurs Excellences, à leurs Gran-
deurs, à leurs Seigneuries, à leurs Altesses,
ce ruban bleu, rouge, vert,

> Que la grandeur insultante
> Etaloit avec fierté,
> Ce ruban que la vanité
> A tissu de sa main brillante,
> Allant de l'épaule au côté.

Au lieu de ce cordon de la faveur, il y
aura un cordon du mérite, & l'ordre national, au lieu de l'ordre royal. C'est cette nuit
qui a supprimé les maîtrises & les priviléges
exclusifs. Ira commercer aux Indes qui voudra. Aura une boutique qui pourra. Le maître Tailleur, le maître Cordonnier, le maître
Perruquier pleureront, mais les garçons se
réjouiront, & il y aura illumination dans
les lucarnes. C'est cette nuit enfin que la

Justice a chaſſé de ſon temple tous les ven-
deurs, pour écouter gratuitement le pauvre,
l'innocent, & l'opprimé ; cette nuit qu'elle
a détruit, & le tableau, & la députation,
& l'ordre des Avocats, cet ordre accapareur
de toutes les cauſes, exerçant le monopole de
la parole, prétendant exploiter excluſivement
toutes les querelles du royaume. Maintenant
tout homme qui aura la conſcience de ſes
forces & la confiance des cliens, pourra plai-
der. Me. Erucius ſera inſcrit ſur le nouveau
tableau, encore qu'il ſoit bâtard ; Ma. Jean-
Baptiſte Rouſſeau, encore qu'il ſoit fils d'un
Cordonnier ; & Me. Démoſthene, bien que
dans ſon ſouterrein il n'y ait point d'anti-
chambre paſſable. O nuit déſaſtreuſe pour la
Grand'Chambre, les Greffiers, les Huiſſiers,
les Procureurs, les Secrétaires, Sous-Secré-
taires, les beautés ſolliciteuſes, portiers,
valets de chambre, Avocats, Gens du Roi,
pour tous les gens de rapine ! Nuit déſaſtreuſe pour toutes les ſangſues de l'Etat, les
Financiers, les courtiſans, les Cardinaux, Archevêques, Abbés, Chanoines, Abbeſſes,
Prieurs, & Sous-Prieurs ! Mais, ô nuit charmante, *o verè beata nox*, pour mille jeunes
recluſes, Bernardines, Bénédictines, Viſitan-

dines , quand elles vont être vifitées par les Peres Bernardins, Bénédictins, Carmes, Cordeliers, que l'Affemblée nationale biffera leur écrou , & que l'Abbé Fauchet alors , pour récompenfe de fon patriotifme, & pour faire crever de rage l'Abbé Maury , devenu Patriarche du nouveau rit , & à fon tour Préfident de l'Affemblée nationale , fignalera fa préfidence par ces mots de la Genefe que les Nonnains n'efpéroient plus d'entendre : *Croiffez & multipliez.* O nuit heureufe pour le Négociant à qui la liberté de commerce eft affurée ! heureufe pour l'Artifan, dont l'induftrie eft libre & l'ardeur encouragée, qui ne travaillera plus pour un maître, & recevra fon falaire lui-même ! heureufe pour le Cultivateur, dont la propriété fe trouve accrue au moins d'un dixieme par la fuppreffion des dixmes & droits féodaux ! heureufe enfin pour tous , puifque les barrieres qui fermoient prefque tous les chemins des honneurs & des emplois , font forcées & arrachées pour jamais, & qu'il n'exifte plus entre les François d'autres diftinctions que celles des vertus & des talens. Immortel Chapellier , toi qui préfidas à cette nuit fortunée , comment as-tu levé fi tôt la féance, & pu entendre fonner l'heure, au milieu d'une assemblée saisie de tant de patriotisme & d'enthousiasme? Tu as cru qu'il ne falloit pas être *envieux des succès du temps*. Mais, avec cette métaphysique, la Bastille seroit encore debout. Comment n'as-tu pas vu qu'en prolongeant la séance deux heures de plus, l'impétuosité françoise achevoit de détruire tous les abus? Cette Bastille étoit aussi emportée en une seule attaque, & le soleil se levoit en France sur un peuple de freres & sur une république bien plus parfaite que celle de Platon.

L'illustre Lanterne, après avoir un peu repris haleine, continua en ces termes:

Il est temps que je mêle à ces éloges de justes plaintes. Combien de scélérats viennent de m'échapper! Non que j'aime une justice trop expéditive; vous savez que j'ai donné des signes de mécontentement lors de l'ascension de Foulon & Berthier; j'ai cassé deux fois le fatal lacet. J'étois bien convaincue de la trahison & des méfaits de ces deux coquins; mais le Menuisier mettoit trop de précipitation dans l'affaire. J'aurois voulu un interrogatoire & révélation de nombre de faits.

Au lieu de constater ces faits, aveugles Parisiens, peut-être aurez-vous laissé déperir les

preuves de la confpiration tramée contre vous,
& tandis qu'elle n'a prêté fon miniftere qu'à
la juftice & à la patrie, qui le demandoient,
vous déshonorez la lanterne. Ma gloire paffera, & je refterai fouillée de meurtres dans
la mémoire des fiecles. Voyez comme le fieur
Morande , dans fon courrier de l'Europe ,
& le Gazetier de Leyde m'ont déjà calom-
niée. Je laiffe aux lanternes de ce pays-là
le foin de me venger, quoi que difent ces
journaliftes penfionnés.

Graces au Ciel, mes mains ne font point criminelles.

Cependant pourquoi vous mettre fi peu
en peine de notre commune juftification ?
Déjà le corps du délit eft conftant. Eft-ce
qu'on peut douter du complot formé contre Breft ? Eft-ce qu'il n'eft pas évident
qu'il y avoit une confpiration plus épouvan-
table encore contre Paris ? Eft-ce qu'il n'y
avoit pas des maifons marquées à la craie ?
Eft-ce qu'on n'a pas découvert une quantité
énorme de mêches foufffées ? Que fignifioient
ces deux régimens d'artillerie , cent pieces de
canon, & ce déluge d'étrangers, ce régiment
de Salis Samade, Châteauvieux, Diesback,
Royal Suiffe , Royal Allemand , Roemer,
Bercheny , Eftherazy , cette multitude de

Huſſards & d'Autrichiens altérés de pillage, & prêts à ſe baigner dans le ſang de ce peuple ſi doux, qu'aujourd'hui même à peine peut-il croire à l'exiſtence de ce complot infernal. Mais comment n'y pas croire? Eſt-ce qu'on n'avoit pas tranſporté trois pieces d'artillerie juſques ſur la terraſſe du jardin d'un citoyen à Paſſy, parce qu'on l'avoit trouvée propre à canonner de là les Pariſiens, ſur ce même quai où Charles IX les avoit arquebuſés, il y a 200 ans? Eſt ce que Beſenval ne s'eſt pas mis en fureur à la nouvelle du renvoi imprudent de M. Necker, parce que c'étoit ſonner avant le temps les vêpres Siciliennes, & éventer toute la mine? Eſt - ce que ce Meſmai, le Conſeiller du Parlement de Be-ſançon, n'a pas dévoilé auſſi follement la ſcélérateſſe des ariſtocrates ſes pareils, & toute la noirceur de leurs deſſeins? Eſt-ce que, pour ſurprendre notre confiance, & afin que notre artillerie ne jouât point entre des mains per-fides, on n'a pas revêtu de l'habit de canon-niers, des eſpions qu'un véritable canon-nier, M. Ducaſtel, a démaſqués, & ſur leſ-quels il eſt tombé à coups de ſabre? Eſt-ce qu'on n'avoit pas de même préparé une in-finité d'habits de Gardes Françoiſes, pour en revêtir des traîtres qui nous égorgeassent sans peine ? Est-ce que Flesselles n'a pas envoyé les citoyens de cinq à six districts chercher, le lundi à midi, des armes aux Chartreux & dans d'autres endroits aussi écartés, espérant qu'il en seroit fait une boucherie, & que les assassins enrégimentés qui rôdoient autour de la ville, les voyant sans armes, hâteroient l'exécution de leurs desseins, & s'enhardiroient à pénétrer dans la capitale ? Est-ce qu'il n'est pas évident que l'émeute du faubourg Saint-Antoine, si bien payée, n'avoit été excitée par le parti des aristocrates, qu'afin de s'autoriser à faire avancer des troupes ? Qui ne voit qu'on n'a ordonné alors aux Gardes-Françoises & à Royal Cravate, de tirer sur les citoyens & de fusiller des gens sans armes, ivres, & épars dans le jardin de Réveillon, qu'afin de faire déguster aux soldats le sang de leurs concitoyens, & d'essayer leur obéissance ? Enfin qui n'a pas entendu les canonniers révéler qu'ils avoient avec eux une forge ambulante & leurs grils prêts, pour nous envoyer des boulets rouges ? Sentinelle vigilante du peuple, l'estimable M. Gorsas, & autres journalistes, ont observé, du haut de leur guérite, toutes les manœu-

vres de nos ennemis. On a développé dans
le Courrier de Verſailles à Paris , dans le
Point du jour , &c. leur plan d'attaque ; &
j'ai entendu de reſpectables Militaires , des
Officiers généraux , attachés au Prince par
des penſions , & non ſuſpects , malgré leur
répugnance à croire que Louis XVI eût pu ,
comme le grand Théodoſe , commander un
maſſacre de Theſſalonique , obligés de s'a-
vouer à eux mêmes qu'il n'eſt que trop vrai
qu'une cour auſſi corrompue que celle de
Catherine de Médicis étoit auſſi ſanguinaire.

Ainſi donc , ces petits-maîtres & petites-
maîtreſſes , ſi voluptueux , ſi délicats , ſi par-
fumés , qui ne ſe montroient que dans leurs
loges , ou dans d'élégans phaétons , qui
chiffonnoient , dans les paſſe-temps de Meſ-
ſaline & de Sapho , l'ouvrage galant de la
demoiſelle Bertin , à leurs ſoupers délicieux ,
en buvant des vins de Hongrie , trinquoient
dans la coupe de la volupté à la deſtruction
de Paris & à la ruine de la Nation Fran-
çoiſe. Là , les Broglie , les Beſenval , les
d'Autichamp, les Narbonne Fritzlard, Lam-
beſc , de Lambert , Bercheny , Condé ,
Conti , d'Artois , le plan de Paris à la main ,
montroient gaîment comme le canon ron-

fleroit des tours de la Bastille, comme, des hauteurs de Montmartre, les batteries choisiroient les édifices & les victimes, comme les bombes iroient tomber paraboliquement dans le Palais Royal. J'en demande pardon à M. Bailli, cet excellent citoyen, ce digne Maire de la capitale ; mais il sait bien que le Maire de Thebes, Epaminondas, au rapport de Cornelius Nepos, ne se seroit jamais prêté à un mensonge, même pour ramener le calme. A qui fera-t-il croire que la plate forme de Montmartre n'ait pas été destinée uniquement à nous foudroyer, & qu'elle puisse servir à un autre usage ? Bons Parisiens, il y avoit donc contre vous une conspiration exécrable. La conjuration des poudres, dont la découverte est célébrée à Londres par une fête anniversaire, étoit mille fois moins constatée ; & vous n'avez échappé au meurtre que par votre courage, parce que les scélérats, les traîtres sont toujours lâches, qu'ils ne sont animés que par l'égoïsme & le vil intérêt, & que d'une passion basse il ne peut naître de grandes choses ; au lieu que le patriotisme, c'est-à dire, l'amour de ses freres & l'oubli de soi-même, enfante des actions héroïques. Vous n'avez échappé enfin à ce péril que parce que l'ange tutélaire des bords de la Seine a visiblement veillé sur vous, & que, comme le disoit Benoît XIV, la France est le royaume de la Providence.

Puisque la trahison est avérée, pourquoi s'enquérir si peu des traîtres ? Je le dirai avec la modération qui sied à une lanterne, mais aussi avec la franchise qui convient dans un pays libre, & remplissant le rôle de vigilance qu'on doit attendre de mon ministere & de l'œil du grand Justicier de France : nous tenons Besenval, d'Esprémenil, Maury, le Duc de Guiche ; tant mieux s'ils se trouvent innocens ! Mais je n'aime point qu'on ait relâché Cazalés. Sa personne est sacrée, dit-on. Je n'entends point ce mot-là. Veut-on dire du sieur Cazalés comme la loi romaine, c'est-à-dire, le flatteur Ulpien, le disoit du Prince : Il est au dessus des lois. *Legibus solutus est.* Cela est faux ; il n'y a de sacré & d'inviolable que l'innocence ; elle seule peut braver la lanterne. Une foule de cahiers prononcent la responsabilité des Députés, loin de défendre qu'on leur fasse le procès, si le cas y échet. D'Esprémenil, Maury, Cazalés sont-ils plus inviolables que le Préteur Lentulus, le Maître de la cavalerie Ahala, le Dictateur César, le

Tribun

Tribun Saturninus, qui tous étoient perfonnes facrées ? C'étoit auffi une perfonne facrée que le Roi Agis. Qu'on me montre dans les ar- chives de la Juftice un monument plus au- gufte, & qui infpire à tous les mortels une terreur plus fainte, plus falutaire pour fon glaive, que l'infcription qu'on lifoit fur une colonne dans le temple de Jupiter Lycien. Les Arcadiens, après avoir mis à mort leur Roi Ariftodême, traître envers la patrie, avoient érigé cette colonne, & gravé ces mots : *Les Rois parjures font punis tôt ou tard, avec l'aide de Jupiter. On a enfin découvert la per- fidie de celui-ci, qui a trahi Meffene. Grand Ju- piter, louanges vous foient rendues !*

Pourquoi a-t-on relâché ce Marquis de Lambert ? Il pleuroit, & j'entendis un jeune homme lui dire : Miférable, il falloit pleurer quand tu reçus l'ordre horrible d'égorger tout un peuple, s'il perfiftoit à réclamer fes droits. Lâche, tu étois prêt à maffacrer des femmes, des enfans, des vieillards ; tu étois Général d'une armée de bourreaux, & tu ne fais pas mourir. Tu n'échapperas point à la Lan- terne. Il m'a pourtant échappé (1).

---

(1) *Note de l'Editeur.* La Lanterne n'avoit point lu l'affiche juftificative du Marquis.

B

Pourquoi relâcher encore l'Abbé de Ca-
lonne, le Duc de la Vauguyon, & tant d'autres? Je ne veux pas dire qu'ils fussent coupables. L'image du Menuisier terrible, &
l'exemple de quelques fatales méprises peuvent
effrayer même l'innocence. Mais la fuite, le
travestissement, & les circonstances les ren-
doient au moins suspects ; & c'est un mot
plein de sens que celui que l'Orateur Romain
adresse quelque part aux patriotes : *In suf-*
picione latratote. Dans la nuit les oies du Ca-
pitole font bien de crier. Nous sommes maintenant dans les ténebres, & il est bon que
les chiens fideles aboient même les passans,
pour que les voleurs ne soient point à craindre.
Le comité de crime de lese-Nation a ordonné
l'élargissement de tel ou tel, nonobstant la
rumeur publique qui les accusoit. Puisque
l'Assemblée nationale l'a prononcé , qu'ils
partent librement, qu'ils continuent leur
route vers Botany-Bay ; moi, je féliciterai
au moins M. de Robespierre de s'être opposé
de toutes ses forces à l'élargissement du Duc
de la Vauguyon. M. Glaizen s'y opposa d'une
maniere plus éloquente encore. Membre du
comité criminel, il a donné sa démission à
l'instant même. La chose parle de soi. Honneur à MM. Glaizen & Robespierre !

Je me permettrai de dire encore : Pourquoi n'avez-vous pas raffemblé les morceaux
déchirés de la lettre du Baron de Caftelnau?
Pourquoi le public ne les a-t-il pas lus? On
a cité les Athéniens qui renvoyoient, fans les
ouvrir, les lettres interceptées de Philippe à
fa femme. Oui, mais ils décachetoient celles
qui étoient adreffées aux ennemis. En temps
de guerre les Anglois ouvrent toutes les
lettres. Je nommerai M. de Clermont Tonnerre, quoique Préfident, & le premier perfonnage (1) de la Nation, dans cette quin-
zaine. L'honorable Membre, un peu trop
éloquent, a excédé étrangement fes pou-
voirs, quand il s'eft fait fi zélé médiateur
pour Befenval, pour fon oncle, & Caftelnau. Cette lettre, eft-il venu dire à l'Affemblée nationale, eft purement d'honnêteté ; je
l'ai lue. Ce *je l'ai lue* eft plaifant. Parifiens,

(1) Oui, le premier perfonnage de la Nation.
J'entends dire : Quel honneur a reçu M. Chapellier
au *Te Deum*! il eft paffé avant le Garde des Sceaux ;
le Grand Maître de cérémonies & les maffes le pré-
cédoient. Il s'eft agenouillé fur un couffin à la droite
du Roi. Mais il me femble que ce n'eft pas le Préfident
qui devoit être à la droite du Roi, c'eft le Roi qui devoit être à la droite du Préfident. *Filii hominum, uf-
quequò gravi corde?*

B 2

aviez-vous donc dit, comme les Grecs assemblés à Thémistocle : *Lisez-le à Aristide ?* & M. de Clermont Tonnerre est-il votre Aristide (1)? Il y a une loi qui dit : *Adultera ; ergo venefica.* Je ne veux pas conclure de même : Il est noble , donc Aristocrate. A Dieu ne plaise ! Moi-même , le mercredi 15 Juillet , lorsque les augustes Représentans de la Nation se rendirent à la ville, comme ils défiloient sous les drapeaux des Gardes Françoises, je n'oublierai jamais que je vis un Noble, le Vicomte de Castellane, baiser avec transport ces drapeaux de la patrie. Je l'ai vu, & j'en ai tressailli de joie. Tout ce que je veux dire, c'est que la lettre déchirée par le Baron de Castelnau devoit être lue publiquement & affichée, comme on devoit afficher

_____

(1) *Note de l'Editeur.* L'illustre Lanterne a tort. M. de Clermont Tonnerre, offrant la démission de sa Présidence, plutôt que de la déshonorer en proclamant le décret du Dimanche 23 août, a montré qu'il n'étoit pas indigne de l'honneur suprême de Prince du Sénat. Notre chere lanterne montre ici trop d'humeur. Le zele l'emporte.

Mais quel Auteur, grand Dieu! ne va jamais trop loin ?

la lettre de Flesselles à Delaunay , la lettre
de Besenval à Delaunay , l'ancienne lettre de
Sartine à son digne ami Delaunay.

Cela est vieux , dit-on , & devroit être oublié. Mais s'imagine-t-on que j'aie oublié qu'un
certain Electeur de Paris , dépêché alors à
Versailles pour remettre à l'instant les lettres
interceptées dans les mains de Castelnau , &
rendu à trois heures après midi , ne remit ces
dépêches qu'à dix heures du soir ? S'imagine-
t-on que je ne me souvienne plus que le sieur
de Messemy , figurant aujourd'hui parmi les
Représentans de la Commune , étoit le féal
du sieur Barentin , & le Directeur de la li-
brairie ? S'imagine-t-on que j'aie oublié que ,
dans la consternation de la capitale , le dimanche 12 juillet , quand les plus zélés patriotes , parmi les Electeurs, conjuroient M. de
la Vigne , leur Président , de sonner à l'instant
le tocsin & de convoquer leur assemblée générale , ce pusillanime Président les désespéra
par ses refus; & malgré les reproches les plus
durs qu'il essuyoit de ces zélateurs du bien
public , sut reculer encore de 24 heures , en
temporisant , une assemblée dont la tenue
étoit si urgente , & qu'il reculoit déjà depuis
plusieurs jours , malgré le murmure général ?

B 3

S'imagine-t-on que j'aie oublié que le sieur
de Beaumarchais étoit l'intime du sieur Le-
noir, cet honnête Lieutenant de Police ? Encore je pardonnerois plutôt au Député de
Sainte - Marguerite. Il a baffoué le Comte
Almaviva, les Robins, le Directeur de la li-
brairie, & la chambre syndicale. Figaro &
Tarare étoient de bonnes pieces de théâtre,
politiquement parlant. Le monologue de Figaro est une œuvre méritoire ; & les Perses
tenoient de Zoroastre la coutume de mettre
les bonnes actions de l'accusé dans un plat de
la balance, & les mauvaises dans l'autre.

J'aimerois pourtant mieux voir la Commune
de Paris représentée par des citoyens tels que
l'Auteur des Etudes de la nature & de Paul
& Virginie. Comment se peut-il que les honneurs n'aillent pas chercher au fond de sa
retraite cet homme de lettres si modeste, ce
sage qui fait tant aimer la nature ? O vertu !
resteras-tu toujours sans honneurs ? Le Philosophe observateur qui a fait l'an 2440, le
tableau de Paris, & d'autres ouvrages qui
ont eu plus d'utilité que d'éclat, devoit aussi
n'être pas oublié. Mais le mérite dédaigne
l'intrigue, au lieu qu'il y a des gens qui ne
vont jamais au fond ; quoi qu'on fasse, ils se
trouvent toujours sur l'eau.

Combien j'en pourrois nommer qui, venus
à la onzieme heure, ou même n'étant point
venus du tout, ou même défefpérés, & dans
le fecret de leur cœur gémiffant fans ceffe de
la révolution, non feulement ont ofé demander les récompenfes de ceux qui avoient
devancé l'aurore & fupporté feuls tout le
poids du jour, mais qui leur ont envié jufqu'à la plus petite feuille de la palme qui leur
étoit due ! Qu'Ulyffe, que Therfite même,
ou que Stentor raviffe les armes d'Achille,
qu'importe aux généreux patriotes qui ont
bravé la mort aux pieds de la Baftille, qui
ont bravé les fupplices, en foulevant le peuple à la liberté, en appelant la Nation aux
armes ? ils jouiffent d'une récompenfe, la feule
digne d'eux ; ils ont vu fuir les Ariftocrates ;
ils voient la Nation affranchie ; il ne peut
manquer à leur bonheur qu'une feule chofe,
l'affurance que le Peuple François ne repren-
dra plus fes fers, qu'il ne retombera point
d'une ariftocratie dans une autre.

Mais il femble qu'on ne s'applique pas affez
à étouffer tous les germes de l'ariftocratie.
Pourquoi ces épaulettes, cette pomme de
difcorde jetée dans les foixante diftricts ?
Lorfqu'on n'a pris les armes que contre l'a-

B 4

ristocratisme, c'est-à-dire, contre l'orgueil
des distinctions, contre l'esprit de domina-
tion, pour se rapprocher, autant qu'il est
possible, de l'égalité originelle, & amener
un état de choses qui avertît sans cesse que
tous sont freres, pourquoi distinguer l'épaule
de l'Officier, de celle du Soldat ? Il existoit
un arrêté si sage du district Saint - Joseph,
que tout le monde auroit le même uniforme,
qu'il n'y auroit de marque distinctive qu'aux
heures du service ; comment se peut-il que
l'auteur d'une motion qui coupoit les racines
de tant de querelles, de jalousies, de cabales,
n'ait pas été remercié, que sa motion n'ait
pas été unanimement accueillie ? Si les François sont un peuple vain, & qu'il leur faille
absolument des distinctions, eh bien, que
l'Assemblée nationale institue un ordre national ; que la décoration en soit accordée
à ceux qui se feront signalés par une action
héroïque. Mais dans ce moment je demande
à tous ces Messieurs, aristocrates sans le sa-
voir, que nous rencontrons dans les prome-
nades, marqués d'une épaulette, pourquoi
ils veulent se distinguer des autres, & quelle
est l'action belle & généreuse qui leur a ac-
quis ce droit. Dans une conscription militaire

de Bourgeois, dans un moment où on a eu
à peine le temps de fe reconnoître, où l'é-
paulette ne peut pas être encore une preuve
de mérite & de courage, la porter n'eft ce
pas porter fur l'épaule une accufation de bri-
gue, d'ambition, & de cabale, ou au moins
cet écriteau : *Ariftocrate*. Car qu'eft-ce que
l'ariftocratie, finon la fureur de primer fans
raifon. La nature n'a mis que trop d'inégalité
parmi les hommes, fans que l'ambition en
introduife encore de chimériques.

Cette fortie contre les épaulettes m'a en-
traînée bien loin de mon fujet. Revenons à
l'Affemblée nationale & au comité criminel.
Encore une petite anecdote. Je ne fais quel
diftrict avoit écrit au comité que l'Abbé de
de Vermond étoit en tel endroit, où, pour
l'arrêter, on n'attendoit que l'autorifation des
Douze. Mais parmi eux il y avoit un Evêque
qui abhorre le fang (1), & Mᵉ. Tronchet qui

(1) Que ce Prélat n'accufe pas la Lanterne d'injuf-
tice à fon égard. Elle fe fouvient encore de fon zele
pour le Tiers; elle-même a aimé fes efforts & fes
prieres ardentes pour arracher, à Poiffy, le fieur Tho-
maffin à la colere aveugle de la multitude. Jamais le
Pontife de Rome, du haut de fa chaire, régnant fur

abhorre l'ariſtocratie comme un bâtonnier. La réponſe fut que cette affaire ne les regardoit pas. Eh! Meſſieurs, c'eſt donc moi que cela regarde? Comment l'Aſſemblée nationale, de qui on peut dire avec vérité que tout pouvoir lui a été donné ſur la terre, doute-t-elle ſi elle a autant de droit qu'un Bailli de village de décréter ſur la rumeur publique? Quand on ne marie pas les filles, diſoit le vieux Bélus, le pere de la Princeſſe de Babylone, elles ſe marient elles-mêmes. Quand on ne fait pas juſtice au peuple, il ſe la fait lui-même. Auſſi ai-je vu ce jour-là des citoyens courir éperdus autour de moi, en criant avec une voix terrible : O Lanterne! Lanterne!

Loin de moi l'affreux deſſein de décrier les Repréſentans de la Nation, & une Aſſemblée telle qu'il n'y en eut jamais dans l'univers d'auſſi auguſte, auſſi remplie de lumieres & enflammée de patriotiſme. Ce ſont nos légiſ-

---

les Rois à ſes pieds, n'a été ſi grand que l'Evêque de Chartres à genoux aux pieds du peuple, & ſuppliant pour l'innocence. Mais autant un miniſtre des autels étoit à ſa place à la tête de la députation de Saint-Germain, autant ſa préſence dans le comité criminel eſt dériſoire.

lateurs & nos oracles (1). Mais la défiance eſt
mere de la sûreté. Bons Pariſiens , où en
seriez - vous ſi vous aviez ajouté foi à ces
belles paroles, que les Huſſards & le canon
n'avançoient que pour garantir vos boutiques
du pillage & faire la police. L'ariſtocratie
reſpire encore. Les Tarquins ſont errans, &
& cherchent Porſenna ; mais que Porſenna
tremble, & qu'il ſache que la France ne man-
que pas d'hommes auſſi courageux que Mu-
tius , & qui cette fois ne ſe tromperont pas
de victime. François , les ennemis du bien
public, déſeſpérant de vous conquérir ſi vous
voulez être libres , ont pris le parti de vous
dégoûter de la liberté par les excès de la li-

---

(1) La Lanterne ſe doit à elle - même de publier
ce que les bons citoyens ſe diſoient depuis long-temps
à l'oreille , & ce qu'un Journaliſte patriote n'a pas
craint d'imprimer, *que petit à petit quelques membres
des Communes ſe laiſſent gagner par des penſions...*
des projets de fortune.... des careſſes..... Heureuſement il y a les galeries , les galeries incorruptibles,
toujours du côté des patriotes : elles repréſentent ces
tribues du peuple qui aſſiſtoient ſur un banc aux délibé-
rations du Sénat, & qui avoient le *veto*. Elles repréſentent la capitale, & heureuſement c'eſt ſous les batteries de la capitale que ſe fait la conſtitution.

cence. C'est dans cette vue qu'ils ont lâché
contre le peuple ces enragés, ces hordes de
brigands qui désolent & pillent les provinces.
Non, ce n'est point le peuple qui commet tant
de brigandages, ce n'est point ce peuple que j'ai
vu rapporter avec tant de fidélité l'or & les bi-
joux de Flesselles, Delaunay, Foulon, Berthier. Ce ne peut pas être ce même peuple
qui, à Paris, faisoit justice si prompte & si
exemplaire des filoux pris sur le fait, & qui,
à Versailles, vient d'arracher au supplice un
parricide. Mais il est des brigands soudoyés
par un parti, des hommes sans asile, la lie
des hommes, qu'on a versés sur la France (1).
Plusieurs se promenent dans nos villes; ils se

_____

(1) Au commencement des troubles, la ville de Lyon
se trouva remplie tout à coup d'une foule d'étrangers
aussi déchaussés que les Carmes, dont le derriere n'é-
toit couvert que d'une méchante veste, & dont les
figures n'étoient rien moins que prévenantes. Justement
effrayés des désordres qu'ils commettoient, & dont on
ne pouvoit prévoir le terme, les Bourgeois ayant pris
les armes & fait feu sur cette multitude, parmi cent
prisonniers, quelle fut leur surprise de trouver les
épaules de quatre-vingt seize chargées de symboles &
d'hiéroglyphes! Les dos de cette troupe, rangés à
l'Hôtel-de-Ville, offroient l'image d'un cabinet de
médailles, & les écussons de toutes les puissances de
l'Europe.

mêlent dans les groupes des citoyens; ils font preſſe au Palais Royal. Ce ſont eux qui ont bien oſé demander la tête de M. de la Fayette & de M. Bailly.

« Il eſt clair, remarque très-bien le Courrier de Verſailles à Paris, qu'il y a des moteurs ſecrets & puiſſans de ces inſurrections. Des gens déguenillés, que des travaux continuels pouvoient à peine préſerver de la faim, il y a quelque temps, paſſent les journées ſur la place. Ils ſont donc payés. On a vu des hommes ſemer de l'argent dans la derniere claſſe du peuple; que ſont-ils devenus ? Qu'eſt-il devenu cet Abbé qu'on avoit été contraint d'arrêter, parce qu'il avoit été dénoncé par des perſonnes au témoignage deſquelles on devoit des égards, & qu'on n'a mis dans les liens d'un décret, que pour le ſouſtraire à la Lanterne & à la queſtion, où on vouloit l'ap-pliquer préalablement ? Qu'eſt-il devenu ce Chevalier ſoi-diſant décoré d'un ordre étran-ger, au jugement duquel on n'a ſurſis que pour ne point le juger du tout ? Que ſont devenus tant d'autres perſonnages ſupects, dont on a facilité & payé l'évaſion ? Ne ſe-roit-il pas de la juſtice de l'Aſſemblée natio-nale de ſe faire rendre un compte public de ce qu'on a fait de ces premiers coupables & de leur interrogatoire»? Quoique... tout le monde fait que le Chancelier d'Agueſſeau s'enferma en vain douze heures avec le plus habile déchiffreur , pour lire le dernier interrogatoire & le teſtament de mort de Ravaillac. Il étoit écrit en lettres illiſibles par un certain Gilbert, alors Greffier de la Cour. De lui viennent les Préſidens Gilbert. Il y a eu bien des interrogatoires écrits de la ſorte. Mais voilà bien aſſez de doléances pour cette fois , & j'aurai fourni matiere aſſez ample aux réflexions.

Il reſte à vous prémunir contre le venin de quelques motions faites dans l'Aſſemblée nationale , & contre quelques écrits qui circulent dans la capitale. Parmi ces brochures dangereuſes , il y en a une aſſez piquante , intitulée *le Triomphe des Pariſiens*. L'Auteur voudroit leur faire croire que leur cité va devenir auſſi déſerte que l'ancienne Babylone, que les François vont être transformés en un peuple de Laboureurs , de Jardiniers , & de philoſophes , avec le bâton & la beſace; que dans ſix mois l'herbe cachera le pavé de la rue Saint-Denis & de la place Maubert , & que nous aurons des couches de melon ſur

la terraſſe des Tuileries, & des carrés d'oi-
gnons dans le Palais Royal. Adieu les Financiers, dit l'Auteur. Turcaret renverra ſon Suiſſe,
& mangera du pain ſec. Les Prélats, les Bé-
néficiers à gros ventre vont devenir d'étiques
Congruiſtes. Si les bonnes mœurs renaiſſent,
adieu les beaux arts. Ah ! M. Fargeon, que
vous ſert d'avoir ſurpaſſé tous les Parfumeurs
de l'Egypte ? Et vous, M. Maille, que vous ſer-
vira d'avoir imaginé le vinaigre ſtyptique, qui
enleve les rides & unit le front comme une
glace ; le vinaigre de Cyprès , qui en douze
jours change immanquablement la blonde en
une brune; le vinaigre ſans pareil, qui blan-
chit, polit, affermit, embellit; enfin ce vinaigre qui fait les vierges, ou du moins les
refait, & dans l'annonce duquel vous préve-
nez ſi plaiſamment les dames qu'elles peuvent
l'envoyer chercher ſans craindre que le por-
teur en devine l'uſage ? Tant de belles dé-
couvertes vont devenir inutiles.

Encore ſi la réforme ne frappoit que ſur les
filles à la grande penſion ! Mais cette armée
innombrable dont le ſieur Quidor étoit l'Inſ-
pecteur, cette armée qui, ſous les galeries du
Palais Royal & à la clarté des lampes de
Quinquet , paſſe en revue tous les jours,

revue mille fois plus charmante que celle de
Xercès ; eh bien, cette armée va être licen-
ciée faute de paye. Bien plus, l'arriere - ban
de cette milice va être encore difperfé. A la
fuite de trois mille moines défroqués, de
vingt mille abbés décalotés, qui retourne-
ront dans leurs provinces guider l'utile char-
rue ou auner dans le comptoir paternel ; il
faudra bien que trente mille filles defcendent
des galetas des rues Trouffevache & Vide-
Gouffet , &c. renoncent, aux douceurs de
Saint-Martin & de la Salpêtriere, &, comme
la pauvre Paquette de Candide aux bords du
Pont-Euxin , aillent faire de la pâtifferie avec
le frere Giroflée. L'auteur de ce pamphlet va
plus loin encore. Adieu, dit-il, les Tailleurs,
les Tapiffiers, les Selliers, les Eventailliftes,
les Epiciers, la Grand'Chambre, les Procureurs,
les Avocats, les Enlumineurs, les Bijoutiers,
les Orfévres, les Baigneurs, les Reftaurateurs;
il ruine les Six Corps, il ne fait pas grace
au Boulanger, & fe perfuade que nous allons
brouter l'herbe, ou vivre de la manne (1).

_____

(1) L'auteur de ce pamphlet, Me le Tellier, vient
d'être arrêté & conduit à l'Abbaye. La Lanterne détefte
les principes de cet avocat ennemi de la régénération.

Il

Il eſt facile de montrer que loin de déchoir
de ſa ſplendeur, la capitale va devenir plus flo-

---

mais elle ne criera pas moins de toute ſes forces, qu'il
eſt affreux, lorſque la nation vient d'élever un autel
à la liberté de la preſſe, d'en avoir arraché un mal-
heureux écrivain qui le tenoit embraſſé. Le ſoleil luit
pour les méchans comme pour les bons. Aujourd'hui
c'eſt dans la perſonne d'un écrivain ariſtocrate que la
liberté de la preſſe eſt violée; mais ô vous tous, s'é-
crioit Théramene lorſque les trente tyrans l'eurent
rayé de la liſte des citoyens, il n'eſt pas plus diffi-
cile à Critias de vous effacer du rôle des citoyens,
que d'en effacer Théramene. Il faut demander à cor
& à cri, l'élargiſſement de ce pauvre diable d'auteur,
& punition exemplaire du ſieur Miromeſnil, qui,
malgré la défaveur d'un nom odieux, a ſu ſe gliſſer
parmi les repréſentans de la Commune, & en ſa qua-
lité de chef du comité de police, a ordonné la dé-
tention de Me le Tellier. Quoi! lorſque le ſieur Bau-
villier a été envoyé à l'abbaye, & certes à bon droit,
il y a eu une inſurrection de tous les gourmands de
la capitale en faveur du cuiſinier, & quand la liberté
de la preſſe eſt violée par un empriſonnement, perſonne ne reclame l'Ecrivain! Les Pariſiens reſſemblent
à ces Athéniens à qui Socrate diſoit : Je ſuis Méde-
cin, je plaide contre un Pâtiſſier, vous êtes de enfans, ainſi je perdrai mon procès. O Athéniens du
dix-huitieme ſiecle, ne comprendrez-vous jamais la

C

riſſante que jamais. On accuſe la génération
de tout renverſer & de ne rien édifier. Mais

---

néceſſité de la liberté indéfinie de la preſſe ? Quel eſt
le gage le plus ſûr de la liberté civile & politique ?
C'eſt la liberté de la preſſe. Et enſuite, quel en eſt
le gage le plus ſûr ? C'eſt la liberté de la preſſe. Et
enſuite ? C'eſt encore la liberté de la preſſe.

Mais, s'écrie un bon Curé, laiſſerez - vous débiter
du poiſon ? Ne voyez-vous pas, M. le Curé, que ce que
vous appelez du poiſon, & que vous mettez à l'index, le
Curé Rabaud le nomme remede de l'ame. Sans doute
c'eſt à une mere à veiller ſur la lecture de ſa fille.
Les peres & les maîtres ſont des cenſeurs domeſtiques
que l'aſſemblée nationale ne ſupprimera point; toute
autre cenſure eſt une inquiſition monacale. Quand
ce ſeroit du poiſon, pour uſer de vos termes, que ré-
pondrez-vous, M. le Curé, à un citoyen qui vous
dira : J'aime ce poiſon; &, comme la femme de Sga-
narelle : Je veux qu'on me batte. Mais, s'écrie encore
l'abbé Maury, je ſerai calomnié; on dira que j'ai
commis un viol. Et moi, s'écrie Deſpréménil, on dira
que je ſuis cocu. 1°. Meſſieurs, trois réponſes, comme
faiſoit M. Pincé. Vous ſavez que Caton fut calomnié
& traduit en juſtice 70 fois, en eſt-il moins le ſage
Caton ? Cela doit conſoler les honnêtes gens dont on
dit un peu de mal. Soyez des Catons, & vous ne
craindrez point la liberté de la preſſe. 2° La preſſe
eſt comme cette lance qui guériſſoit les bleſſures

ne faut-il pas avoir détruit la baftille avant
de rien élever fur fon emplacement ? Déjà

---

qu'elle avoit faites. On imprimera chez M. Knapen,
que Mᵉ. Def. tient de M. de Clugny une penfion de
20,000 liv., violente préfomption de cocuage ; bien des
gens diroient ici, comme La Fontaine, Cocuage n'eft
point un mal, mais fi vous penfez autrement, eh bien,
faites imprimer chez Grangé que l'anecdote de la penfion
eft fauffe : vous avez encore l'abbé Aubert qui vous
offre fes bons offices ; pour vingt-quatre fous il dé-
mentira le fait dans fes affiches, & vous ferez déco-
cufié : tôt ou tard la vérité perce. 3°. Si vous êtes calomnié, accufez l'auteur ; fans doute la loi des douze
tables qui condamnoit à mort tout faifeurs de vaudevilles & de brochures cauftiques, étoit trop fé-
vere. On voit bien, comme l'obferve Montefquieu,
que cette loi étoit faite par les Décemvirs, grands
ariftocrates, & partant ennemis de la liberté de la
preffe. Depuis on a imprimé fur le front du calom-
niateur la lettre initiale C., peine trop forte encore
& atroce, en ce qu'elle ne diftinguoit point entre
les calomnies. Cependant il y a bien de la différence
entre celui qui imprime que M.... a empoifonné fes trois
femmes, & celui qui imprime que M. Duval a le
défagrément d'être jugé digne du fecrétariat de l'ordre
le plus nombreux du royaume. Il faut efpérer que l'affemblée nationale établira des peines proportionnées à
l'exigence des cas ; alors les cocus fe pourvoiront
contre les auteurs. Cependant il importe fur-tout que

C 2

maint Architecte s'évertue à imaginer un palais digne des auguftes Repréfentans de la Nation. Bientôt vous le verrez fortir de deffous les ruines de cette baftille. Là, dans fon fein, Paris aura l'Affemblée nationale, le congrès de quarante - cinq provinces , le fiége de la majefté, de la loyauté du peuple François, l'autel de la concorde, la chaire de la philofophie, la tribune du patriotifme, le temple de la liberté, de l'humanité, & de la raifon, où tous les peuples viendront chercher des oracles.

---

la nation conferve fa liberté, dont la preffe eft la plus fûre gardienne. Ainfi, liberté indéfinie de la preffe, liberté pour tous les partis, & dans ce moment même où on ne prononce qu'avec horreur le nom des Parlemens, où l'abbé Fauchet demande qu'on inftitue, le jour de leur expulfion ; une fête de grand folennel & une meffe en faux-bourdon, vu que c'eft un Parlement ariftocrate qui a crucifié J. C., tandis que d'autres patriotes moins Chrétiens propofent, pour l'anniverfaire, une fête dans le goût des Payens, pendant huit jours, une danfe générale de la veuve & de l'orphelin dans tout le royaume ; eh bien, dans ce moment même il doit être permis à l'honorable membre, M. Bergaffe, d'exalter leur courage, leur candeur, leur défintéreffement, leur dévouement patriotique, & d'enterrer la fynagogue avec honneur.

Le confeil permanent de la nation étant alors fédentaire à Paris, cette ville recouvrera enfin, par la tranfmigration des bureaux, ce furcroît de richeffe, de fanté, & d'embonpoint qu'elle ne ceffoit de regretter depuis que Louis XIV, l'avoit comme dédoublée pour créer Verfailles. Ce bienfait, fi grand, n'eft pas le feul dont la révolution doit enrichir la capitale. Comme ce n'eft pas, ainfi que les autres, une ville qui appartienne en propre à fes habitans; que Paris eft plutôt la patrie commune, la mere-patrie de tous les François, il n'eft aucune cité dans le Royaume qui ne s'intéreffe à fa fplendeur, & toutes les provinces s'empreffe-ront d'y concourir. L'induftrie & l'activité parifienne, fecondées de cette confpiration unanime du refte de la nation à embellir la métropole, y créera des merveilles, & M. Mercier ne mourra pas, je l'efpere, fans voir ce qu'il a tant fouhaité, Paris *port*. Oui, Paris port, & tellement port, que la galere d'Hyéron y pourroit manœuvrer, & je prétends voir paffer ici en revue à M. de la Fayette, l'infanterie parifienne, la cavalerie parifienne, l'artillerie parifienne, & la marine parifienne.

Il eft vrai que la révolution porte un coup mortel à l'Almanac royal. Adieu le privilége

C 3

de M. d'Houry , mais M. Baudouin nous imprimera un Almanac national. Il eft vrai qu'il y aura moins de féminaires , de couvens, de célibataires , mais il faut efpérer que la population n'en fouffrira point ; il eft vrai que le Parlement paffera , mais la Bazoche ne paffera point. Nous aurons des Magiftrats moins ariftocrates , moins infolens , moins ignorans , moins chers ; mais nous ne manquerons point de Jurifconfultes qui ne céderont en rien à ceux de l'univerfité de Louvain, d'Oxford, & de Salamanque. Certainement tant qu'il y aura des hommes il y aura des plaideurs. Ne diroit-on pas qu'on ne plaide que dans les monarchies? On plaidoit à Athènes, à Rome, & on voit même, par leurs facs, que les Romains étoient bien plus grands chicaneurs que nous. Il eft vrai qu'il n'y aura plus vingt profeffeurs de droit intéreffés à peupler le barreau d'ignorans , parce que leurs revenus croiffent en proportion de l'ignorance & de la pareffe ; mais les écoles de droit fubfifteront cependant, avec cette différence qu'il y aura une véritable chaire, au lieu d'un comptoir. Il eft vrai que Calchas n'aura plus 100,000 liv. de rente ; mais il ne faut à Thermofyris qu'une flûte & un livre d'hymnes, tandis qu'il faut

à Mathan des thiares & des tréfors. Il eſt vrai
que le ſieur Léonard ne fera plus crever ſix
chevaux, pour aller mettre des papillottes à
Verſailles, qu'il ne perdra plus 50,000 l.
ſur la caution de ſon peigne ; mais les coif-
feurs ne ſeront pas bannis de la république.
L'eſclavage des Rois eſt ſecoué, mais pour
charmer le ſonge de la vie, on a beſoin de
l'eſclavage des femmes, & la galanterie fran-
çoiſe reſtera. L'auteur du Triomphe de la
capitale croit-il que la liberté ſoit ennemie
des ſpectacles & d'Aſpaſie ? Qui ne voit combien elle ſe plaît au Palais Royal ? Jamais
monarchie n'a fait pour le théâtre autant de
dépenſe que la démocratie d'Athènes. Les
Thébains éleverent une ſtatue au Comédien
Pronomeus à côté de celle d'Epaminondas (1) ;

_____

(1) Nous ne décernons pas encore des ſtatues à nos
Comédiens, mais le diſtrict des Cordeliers a déjà montré qu'il penſoit ſur cette profeſſion comme les Grecs,
& il a nommé M. Grammont Capitaine, ce qui a
donné lieu à une diſcuſſion plaiſante. Meſſieurs, a dit
quelqu'un, je ſuis très-fier d'avoir pour Commandant
Oroſmane ou Tancrède ; mais pour l'honneur du diſtrict, je fais la motion qu'il ſoit défendu aux cin-
quante-neuf autres de ſiffler au parterre notre Capitaine. La motion cauſa une grande rumeur. La

& ces Lacédémoniens, devant qui danfoient
toutes nues, & développoient leurs grâces ;

plupart repréfentoient que tous les Citoyens font égaux ;
que s'il y avoit quelque différence entre eux, elle
feroit peut-être à l'avantage de ceux qui, à la fuite
de M. Necker, en fermant leur théâtre, ont donné
les premiers l'exemple du deuil national, & qui, en
reff[.]iant quelquefois à nos yeux la grande ombre de
Cicéron, de Brutus, & de Cornélie, n'avoient pas laiffé
mourir dans les cœurs la derniere étincelle du patriotifme. Néanmoins ces raifons n'étoient pas entiere-
ment fatisfaifantes, & l'honneur du diftrict fembloit
compromis, lorfque M. Périlhe, très-digne Préfident du
diftrict, & patriote illuftre, mit tout le monde d'ac-
cord & fut concilier tous les droits. Meffieurs, dit-il,
je penfe qu'il feroit tyranique & contraire au progrès
des arts d'interdire au Parterre de fiffler le Comédien & le
Poëte ; mais il doit être permis auffi de fiffler l'Avocat & le Capitaine, qui ne font pas plus privilé-
giés. Le Marquis d'Uxelles, Maréchal de France, fut
fiffé à l'Opéra, au retour de la Campagne, pour
avoir rendu par capitulation la ville de Mayence. C'eft
ainfi encore que nos pere les Parifiens ont fiffé le
régiment de Corinthe, & le Coadjuteur, Commandant
général de la milice parifiénne. Vous avez vu fiffler
dans maintes audiences tout le Parlement ; nous avons
vu fiffler les Chanceliers, les Archevêques, les Cardinaux, notre S. P. le Pape, Condé, Conti, d'Artois :
trop heureux s'ils en étoient quittes pour des fifflets ;

aux pieds du mont Taygete, toutes les
Vierges du Péloponnèfe, haïffoient-ils les femmes? C'étoit là leur fpectacle, & avoient-ils
fi grand tort d'en préférer la fimplicité à toute
la magie de l'opéra d'Athènes? Sur quel fondement notre auteur ariftocrate prédit-il donc
la folitude du parterre & des loges, la ruine des
Marchandes de Modes, des fabriques de plumes
& de gazes, de la foire Saint-Germain, & de la
rue des Lombards? la Lanterne prédit, au contraire, que jamais les arts & les commerce
n'auront été fi floriffans. Les Anglois excelloient à faire des étoffes que les François excelloient à porter. Mais patience, citoyens,
vous aviez cent-quarante mille calotins qui
n'étoient pas la partie de la nation qui eût le
moins d'induftrie, puifqu'ils favoient vivre à
vos dépens. Figurez-vous ces deux cent quatrevingts mille bras rendus au commerce ou à l'agriculture. L'un s'occupe à polir l'acier, l'autre,

Chez une nation auffi gaie, l'article premier de nos
libertés doit être la liberté du fifflet. Quant à moi,
Meffieurs, je vous permets de fiffler votre Préfident,
fi cela vous fait plaifir, & je tiens que M. Grammont
n'eft point irrégulier & inhabile à être Capitaine, &
qu'il n'y a lieu à délibérer.

au lieu de sécher pendant nombre d'années à faire un carême, fait voile pour la péche de la morue à Terre-Neuve. Que d'esprit perdu dans le quinquennium, dans la poussiere des Ecoles, & sur les bancs de la Sorbonne ! Les bons effets de tant de talens, appliqués à perfectionner une manufacture ou à étendre une branche de commerce, sont incalculables.

A la vérité, le clergé tient furieusement à ses cheveux coupés en rond, à ses surplis, ses mitres, ses soutanes rouges & violettes, à ses bénéfices, à l'oreiller, & à la cuisine ; il ne veut pas entendre parler de la liberté de la presse, & il a une peur extrême de la raison. Depuis la grande victoire remportée sur lui dans la journée des dixmes, je pensois qu'il n'y avoit que le premier pas qui lui auroit coûté ; mais la séance du dimanche 23 août me détrompe. *Ecce iterum Crispinus.* Scapin a mis de nouveau la tête hors du sac en criant comme un diable, & tous les efforts du comte de Mirabeau n'ont pu parvenir à l'y faire rentrer.

Poursuis, courageux Mirabeau. Ils ont étouffé un moment ta voix à Versailles ; mais Paris, la France, & l'Europe entière écourent cette voix, la voix de la philosophie, du patriotisme,

& de la liberté ; & nos citoyens lui répondent
en faifant retentir leurs dards. Quand te ver-
rons-nous enfin Préfident de l'Affemblée nationale ? Cependant, continue d'en être l'Orateur , & d'oppofer la hache de Phocion aux
périodes arrondies & aux phrafes fonores de
quelques-uns de nos Peres confcrits. Pour-
fuis les douze travaux, & acheve de triom-
pher du fanatifme. Vois combien tu es devenu cher aux patriotes ! Les alarmes du Palais Róyal, le 30 août, montrent qu'on ne
fépare point tes dangers des dangers de la
patrie. Sans doute la Nation faura récompen-
fer tes fervices ; fans doute cette Nation va fe
reffaifir du droit , qui lui appartient incontef-
tablement, de choifir ceux qui doivent la re-
préfenter. Ce font fes Ambaffadeurs qui la
repréfentent chez l'étranger ; c'eft donc à elle
à les nommer. Oui, elle difpofera des am-
baffades. Elle a vu avec quelle dignité tu as
foutenu fes droits. Elle fe rappelle ton Adreffe
pour l'éloignement des troupes.

*Nec dignius unquam
Majeftas meminit fefe Romana locutam.*

La voix publique te défigne déjà le Repré-
fentant de la Nation dans l'Europe. Va faire

oublier à nos anciens & éternels auxiliaires,
que leurs secours & leur amitié ont été payés
d'ingratitude ; que l'infidélité à des pactes de
trois cents ans & aux alliances les plus inviolables, a démenti & déshonoré la loyauté
françoise : ou plutôt conçois un dessein digne
de ta philosophie & de ton génie ; il t'appartient de convoquer la diete Européenne, &
de réaliser l'impraticable paix de l'Abbé de
Saint-Pierre.

Je suis pourtant fâché qu'on t'accuse de
soutenir la sanction royale, & d'avoir dit que
si le Roi n'a point le *veto*, il vaut mieux de-
meurer à Constantinople. C'est une calomnie,
& la contradiction seroit trop grossiere avec
les principes dans lesquels tu n'as jamais va-
rié, si tu accordois à un seul homme le droit
de se jouer des plus sages décrets de toute
une nation, & de lui dire : Ce que vous voulez, vous, vingt - cinq millions d'hommes, je
ne le veux pas, moi, moi tout seul. Non,
il n'est pas possible que Mirabeau ait tenu ce
langage ; aussi nous le ferons Ambassadeur.

Pour M. Mounier, qui veut non seulement
un *veto* suspensif, mais un *veto* absolu, & qui
a bien osé nous proposer un Sénat Vénitien,
il s'en ira en Dauphiné comme il étoit venu,

avec cette différence, que, venu au milieu des
applaudiſſemens, il s'en retournera au milieu des
huées. Et M. de Lally, ſi fervent royaliſte, &
qui s'imagine apparemment qu'en reconnoiſ-
ſance de ſon zele pour le pouvoir d'un ſeul,
nous allons créer pour lui, comme dans le bas
Empire, la charge de Grand Domeſtique ; il
ira, s'il veut, prendre ſéance dans la Chambre
haute du Parlement d'Irlande, qu'il nous cite
pour modele.

Lorſque cet honorable membre propoſa à
l'Aſſemblée nationale une Chambre haute, une
Cour pléniere, & deux cents places de Sénateurs à vie & à la nomination royale (1),

(1) *Note de l'Editeur.* O mes chers concitoyens !
je gémis, quand je vois autour de moi cette multitude
de gens qui, de l'auguſte & ſainte liberté, font une
affaire, & qui ſpéculent ſur la conſtitution. Dans le
degré de corruption & d'égoïſme où nous ſommes par-
venus, ſi nous voulons conſerver la liberté, gardons-
nous bien de créer un Sénat & des places inamovibles,
de mettre la feuille des bénéfices, & d'accumuler les
richeſſes dans la main d'un ſeul homme. Quand toutes
les conſciences ſont à vendre, il ne reſte plus qu'à com-
biner tellement la conſtitution, qu'il n'y ait perſonne
en état de les acheter. Les tréſors de la Numidie avoient
corrompu trois fois, & les Généraux, & les Conſuls,

lorfqu'il fit briller ainfi à tous les yeux deux
cents récompenfes pour les traîtres, comment
les Chapellier, les Barnave , les Pethion de

& la Municipalité, & les Tribuns, & la Magiftrature,
dans l'affaire de Jugurtha. Mais quand le Peuple Romain
en eut évoqué la connoiffance à l'Affemblée générale,
il fut impoffible à Jugurtha de corrompre tout le Peuple ; non que le Peuple fût moins corruptible que les
Sénateurs : mais où trouver un acheteur affez riche ?

Ce ne fera point affez, dans un fiecle corrompu , que
le peuple ne fe dépouille point de fa toute-puiffance,
pour en revêtir un Sénat, & qu'il foit feul difpenfateur
des places ; il faut que l'amovibilité des charges foit
telle, que les mutations foient fi rapides, qu'il n'y ait
point d'aliment à la cupidité. Alors les emplois feront
réellement des charges , & non des bénéfices. Alors, à
ceux qui veulent primer & fe faire remarquer, il reftera ,
non plus l'ambition des grandes places, mais l'ambition
des grandes chofes. L'ambition qui vient de l'orgueil
fera néceffairement détruite; il ne reftera que l'ambition
qui vient de la bienfaifance, l'ambition néceffaire aux
grands cœurs, celle d'être utile. Malheureufement ce
n'eft point de cette noble ambition que la plupart font
travaillés, mais d'une toute autre fievre.

A la Ville, on fait quel conflit il y a eu entre les
Electeurs & les Repréfentans de la Commune, chacun
fe difputant & tirant à foi la chaife curule. Dans les
diftricts, tout le monde ufe fes poumons & fon temps
pour parvenir à être Préfident, Vice-Préfident, Secre-

Villeneuve, les Target, les Gregoire, les Robefpierre, les Buzot, les de Laudine, les Biozat, les Volncy, les Schmitz, les Gleizen, les Mirabeau, & tous les Bretons, comment

---

taire, Vice Secréraire. Ce ne font que comités de fubfiftances, comités de finances, comités de police, comités civils, comités militaires. Hors des diftricts, on fe tue pour des épaulettes. On ne rencontre dans les rues que dragones, graines d'épinards.

Que voulez-vous? chacun cherche à paroître.

Il n'eft pas jufqu'au fufilier qui ne foit bien aife de me faire fentir qu'il a du pouvoir. Quand je rentre à onze heures du foir, on me crie : Qui vive? Monfieur, dis-je à la fentinelle : Laiffez paffer un patriote Picard. Mais il me demande fi je fuis François, en appuyant la pointe de la bayonnette. Malheur aux muets ! Prenez le pavé à gauche, me crie une fentinelle ; plus loin, une autre crie : Prenez le pavé à droite ; & dans la rue Sainte-Marguerite, deux fentinelles criant : Le pavé à droite, le pavé à gauche, j'ai été obligé, de par le Diftrict, de prendre le ruiffeau.

Je prendrai la liberté de demander à MM. Bailli & la Fayette ce qu'ils prétendent faire de ces trente mille uniformes. Je n'aime point les priviléges exclufifs ; le droit d'avoir un fufil & une bayonnette appartient à tout le monde, pourvu que ces armes protectrices reftent fufpendues dans le foyer, à côté des Dieux Pénates, & n'en fortent que lorfqu'on bat la générale. M. de la

ces fideles défenseurs du peuple. n'ont - ils
pas déchiré leurs vêtemens en figne de dou-
leur ? Comment ne fe font - ils pas écrié : Il
a blafphémé. Certes, je fuis zélé partifan de la
liberté de haranguer & de faire des motions ;
moi-même j'ai befoin d'indulgence , *veniam
petimufque, damufque viciffim.* Jamais je ne pro-
poferai, comme le célebre légiflateur Zaleu-
cus, que celui qui viendra faire une motion
ait la corde au cou, & pérore au pied de la
lanterne. Cependant propofer un *veto* abfolu ,
&, pour comble de maux, des ariftocrates à
vie, à la nomination royale, je demande fi on
peut concevoir une motion plus *liberticide.*

Le Palais Royal avoit-il donc fi grand tort
de crier contre les auteurs & fauteurs d'une
pareille motion ? Je fais que la promenade du

Fayettte eft Colonel, non de 30,000, mais de 250,000
hommes. Nous fommes tous foldats de la patrie ; il me
femble qu'il n'eft pas befoin de tant de foldats de la
police. O le beau gouvernement que celui où, comme
à Lacédémone, ou en Normandie du temps du Duc
Rollon, à la clameur de haro, tout citoyen que j'appelle chez le Magiftrat, eft obligé de m'y fuivre ! A
Amfterdam, vingt-quatre hommes fans armes fuffifent
pour la garde ; cependant la ville eft compofée d'autant
de nations différentes qu'il y en avoit à la tour de Babel.

Palais

Palais Royal eft étrangement mêlée; que des
filoux y *ufent* fréquemment *de la liberté de la
preffe*, & que maint zélé patriote a perdu plus
d'un mouchoir dans la chaleur des motions.
Cela ne m'empéche point de rendre un témoignage honorable aux promeneurs du lycée &
du portique. Ce jardin eft le foyer du patriotifme, le rendez vous de l'élite des patriotes
qui ont quitté leurs foyers & leurs provinces
pour affifter au magnifique fpectacle de la révolution de 1789, & n'en être pas fpectateurs
oififs. De quel droit priver de fuffrages cette
foule d'étrangers, de fuppléans, de corref-
pondans de leurs provinces? Ils font François, ils ont intérêt à la conftitution, & droit
d'y concourir. Combien de Parifiens même ne
fe foucient pas d'aller dans leurs diftricts. Il
eft plus court d'aller au Palais Royal. On n'a
pas befoin d'y demander la parole à un Préfident, d'attendre fon tour pendant deux heures. On propofe fa motion. Si elle trouve des
partifans, on fait monter l'orateur fur une
chaife. S'il eft applaudi, il la rédige; s'il eft
fifflé, il s'en va. Ainfi faifoient les Romains,
dont le *Forum* ne reffembloit pas mal à notre
Palais Royal. Il n'alloient point au diftrict dé-
mander la parole. On alloit fur la place, on

D

montoit fur un banc, fans craindre d'aller à
l'Abbaye. Si la motion étoit bien reçue, on
la propofoit dans les formes, alors on l'affi-
choit fur la place, elle y demeuroit en placard
pendant vingt-neuf jours de marché. Au bout
de ce temps, il y avoit affemblée générale ;
tous les citoyens, & non pas un feul, don-
noient la fanction. Honnêtes promeneurs du
Palais Royal, ardens promoteurs de tout bien
public, vous n'êtes point des pervers & des
Catilina, comme vous appelle M. de Clermont Tonnerre & le Journal de Paris, que
vous ne lifez point. Catilina, s'il m'en fouvient,
vouloit fe faifir du *veto*, & l'arracher au peuple, à l'exemple de Sylla. Ainfi, loin d'être
des Catilina, vous êtes tout le contraire, &
les ennemis de Catilina. Mes bons amis, re-
cevez les plus tendres remerciemens de la Lanterne. C'eft du Palais Royal que font partis
les généreux citoyens qui ont arraché des pri-
fons de l'Abbaye les Gardes Françoifes déte-
nus ou préfumés tels pour la bonne caufe. C'eft
du Palais Royal que font partis les ordres de
fermer les théâtres & de prendre le deuil le
12 juillet. C'eft au Palais Royal que, le même
jour, on a crié aux armes & pris la co-

carde nationale. C'est le Palais Royal qui, depuis six mois, a inondé la France de toutes ces brochures qui ont rendu tout le monde, & le soldat même, philosophe. C'est au Palais Royal que les patriotes, dansant en rond avec la Cavalerie, les Dragons, les Chasseurs, les Suisses, les Canonniers, les embrassant, les enivrant, prodiguant l'or pour les faire boire à la santé de la Nation, ont gagné toute l'armée, & déjoué les projets infernaux des véritables Catilina. C'est le Palais Royal qui a sauvé l'Assemblée nationale & les Parisiens ingrats, d'un massacre général. Et parce que deux ou trois étourdis, qui eux-mêmes ne veulent pas la mort du pécheur, mais qu'il se convertisse, auront écrit une lettre comminatoire, une lettre qui n'a pas été inutile, le Palais Royal sera mis en interdit, & on ne pourra plus s'y promener sans être regardé comme un Maury & un d'Esprémenil.

On ne réfléchit pas assez combien ce *veto* étoit désastreux. Peut-on ne pas voir qu'au moyen du *veto*, en vain nous avions fait chanter un *Te Deum* au Clergé pour la perte de ses dîmes ; le Clergé & la Noblesse conservoient leurs priviléges ? Cette fameuse nuit du 4 au 5 août, le Roi eût dit : Je la retranche du nombre des nuits , je défends qu'on en invoque les décrets , j'annulle tout , *veto*. En vain l'Assemblée nationale auroit supprimé les Fermiers généraux & la gabelle , le Roi auroit pu dire : *Veto*. Voilà pourquoi M. Treilhard, Avocat des Publicains , a défendu le *veto* jusqu'à extinction de voix. Il a bravé l'infamie, & a dit , comme M^e. Pincemaille dans Horace :

Populus me sibilat , at mihi plaudo.
Ipse domi, nummos simul ac contemplor in arcâ.

Je ne suis qu'une Lanterne , mais je confondrois en deux mots ces grands défenseurs du *veto* , Mounier , Clermont Tonnerre , Lally, Thouret , Maury , Treilhard, d'Entraigues, &c. En faveur de ce monstrueux & absurde *veto* , qui feroit de la première Nation de l'univers, & de vingt-quatre millions d'hommes , un peuple ridicule d'enfans , sous la férule d'un Maître d'école , ils ne savent que s'appuyer des cahiers des provinces. Ils ne prennent pas garde qu'il n'est pas un seul de ces cahiers qui, en même temps qu'il accorde le *veto* , ne renferme quelque article contradictoire & destructif de ce *veto*. Par exemple , toutes les provinces ont voté impérativement une nouvelle constitution ; donc elles ont déclaré implici-

tement que nul n'avoit le droit de s'oppofer
à cette conftitution. Toutes les provinces ont
voté impérativement la répartition égale des
impôts, l'extinction des priviléges pécuniai-
res, &c.; donc, par ce mandat impératif, elles
ont déclaré indirectement que nulle puiffance
n'avoit le droit de dire *veto*, & de maintenir
l'ancien ufage.

Cette contradiction, qui fe trouve dans tous
les cahiers, entre l'article qui accorde le *veto*,
& un ou plufieurs articles, n'a pas échappé
aux rédacteurs dans les provinces. On en a
fait la remarque dans plufieurs Bailliages. Mais
les provinces fuivoient alors le précepte de
l'Evangile, qui recommande la prudence du
ferpent. Il leur fuffifoit d'établir par un ou
deux articles, que fur ces points où la Nation
avoit déjà manifefté fon vœu unanime, il n'y
avoit lieu au *veto*; elles ont affecté d'accorder
un *veto* contradictoire, pour ne pas trop alar-
mer le defpotifme. Dans cette contradiction
de tous les cahiers, quel parti plus fage que
de faire expliquer de nouveau les provinces,
de demander qu'elles déclaraffent leur derniere
volonté; ce qui eft, en propres termes, la motion du Palais Royal? Il eft vrai qu'il y a eu
des contrefaçons.

D 3

Les défenfeurs du *veto* à Verfailles s'appuient
encore de leur prétendue majorité. La Lanterne va relever ici une grande erreur ; & l'ob-
fervation qu'elle foumet au jugement du Palais
Royal, fon diftrict favori, eft d'une telle im-
portance, qu'elle élimine, elle feule, de l'Affemblée nationale au moins cinq cents ennemis de la raifon & de l'optimifme.

Nous n'avons plus d'Etats Généraux qui
faifoient des doléances ; nous avons une Affemblée nationale qui fait des lois. Une telle
Affemblée ne peut être compofée que des
Repréfentans de la Nation, & la Lanterne ne
reconnoît pour fes Repréfentans que les fix
cents Députés des Communes. Il eft évident
que les 600 autres membres font Députés,
non de la Nation, mais du Clergé & de la
Nobleffe. Le Clergé & la Nobleffe n'ont pas
plus de droit d'envoyer fix cents Députés à
Verfailles, que n'en auroit la Magiftrature ou
toute autre corporation. Voilà donc fix cents
membres de l'Affemblée nationale qu'il faut
renvoyer dans les galeries. Comme tous les
citoyens font égaux & ont droit de concourir
à la conftitution, il feroit injufte que la Nobleffe & le Clergé ne fuffent pas repréfentés.
Il faut qu'ils aient leurs députés dans la même

proportion que le reste des citoyens, un par vingt mille. Le dénombrement du Clergé & de la Noblesse s'éleve à trois cent mille individus ; c'est donc quinze Représentans à choisir parmi les six cents. Tout le reste n'a dans l'Assemblée pas plus de droit de voter que les citoyens du Palais Royal. Ainsi pense la Lanterne. A ces causes, elle *proteste* contre l'article de la constitution qui établit une religion dominante & un culte exclusif ; & sa protestation est fondée en droit, vu que si le Clergé n'avoit pas eu trois cents Représentans dans l'Assemblée nationale, la motion de M. Rabaud de Saint-Etienne auroit prévalu.

Mais il faut pardonner au Clergé de crier tout du haut de la tête en faveur d'un culte dominant.

Dom Pourceau raisonnoit en subtil personnage.

L'Abbé Maury voit que la mense du prieuré de Lihons court le plus grand risque. Perfides Communes, s'écrie l'Abbé François ; quand vous nous embrassiez dans l'église de Saint-Louis, c'étoit donc pour nous étouffer. Voilà déjà la dixme & les prémices supprimées ; si la liberté du culte est établie, les portes de l'enfer auront bientôt prévalu contre nous, malgré la prophétie.

M. François a raison. Lorsqu'il va être queftion de contribuer à l'entretien du Prêtre catholique : Moi, dira le Paroiſſien, que je nourriſſe le Prêtre ! c'eſt à celui qui va à la meſſe à payer le Sacriſtain. Tout le monde ſe fera hérétique, ſchiſmatique, & même juif, s'il le faut, pour ne point payer. Le philoſophe dira : C'eſt à celui qui ſe fait enterrer dans le cimetiere, ou qui eſt jaloux des honneurs du caveau, à payer le luminaire, la grande ſonnerie, & les jurés-crieurs. Pour moi, mon tombeau eſt dans mon jardin ; là repoſeront ma femme & mes enfans. Cette idée que les cendres de ſon pere ſont éparſes dans cette enceinte, attachera mon fils à ſa propriété. Cet héritage conſacré, jamais il ne le vendra. Au riche, ſon voiſin, qui marchanderoit ce coin de terre, il répondra, comme ce chef des Canadiens à qui des Européens propoſoient de céder leur pays : Nous ne pouvons nous éloigner de cette terre ; dirons-nous aux oſſemens de nos peres, levez-vous, & marchez ?

Conſolez-vous pourtant, bons pariſiens, vous aurez toujours votre chere patrone, & on n'enlevera pas au Curé ſon Saint Euſtache,

comme le difoit fi plaifamment un de fes de-
vanciers. Vous aurez toujours vos proceffions,
vos ferpens, vos baffe-contres & vous ferez toujours maîtres de vous faire enterrer à Clamar ou
à S. Sulpice ; feulement vous ne regarderez plus
comme des payens & des Employés des fer-
mes , ceux qui , à l'exemple d'Abraham & de
Jacob , voudront être portés dans la terre de
Canaan , & dormir à côté de Sara & de
Rachel.

Il eft une religion qui n'appartient pas à
certain peuple & à certains climats, comme
le chriftianifme , le paganifme , le judaïfme ,
& le mahométifme ; mais une religion qui eft
répandue chez tous les peuples , une religion
de tous les fiecles & de tous les pays , une
religion innée ; c'eft celle qu'ont confervée
dans fa pureté les hommes éclairés & les fages.
C'eft la religion des Socrate , des Platon ,
des Cicéron, des Scipion, des Marc-Aurele ,
des Epictetes, des Confucius, des Plutarque,
des Virgile , des Horace , des Bayle , des
Erafme, des Bacon, des l'Hôpital, des Buffon ,
des Voltaire , des Montefquieu, des J. J.
Rouffeau. Sa foi eft de croire en Dieu, fa
charité d'aimer les hommes comme des freres ,
fon efpérance eft celle d'une autre vie. Cette

religion ne procurera jamais des extafes comme
celle de Sainte Thérèfe ou de Saint Ignace
qui tranfpiroit l'amour divin, & en étoit trem-
pé au point de changer trois fois de chemife
à une meffe de minuit. N'a pas qui veut le
bonheur d'être fou. Mais il y un conte char-
mant de Voltaire, fait pour nous confoler.
C'eft un Muphti philofophe qui , fur le récit
des vifions extatiques d'une vieille dévote
mufulmane , va lui rendre vifite ; il la trouve
auffi heureufe que Madame Guyon , & je ne
fais plus quelle Sainte Religieufe à qui un
Ange percé le cœur d'un coup de lance, &
applique le ftygmate de Saint François. Le
Muphti ne peut s'empêcher de lui porter envie,
& néanmoins il retourne au palais patriarchal,
en fe difant : Voudrois-je de ce bonheur-là ?

Affurément il y auroit de la cruauté d'empêcher perfonne de marcher les talons aux
rebours, de fe donner la difcipline , & d'être
ravi comme S. Paul au troifieme ciel, d'y voir
ce que l'œil n'a point vu , & d'entendre ce que
l'oreille n'a point entendu. Ce feroit un at-
tentat à la liberté , & je prie de ne point ca-
lomnier la Lanterne à ce point, que de lui
prêter de pareilles intentions ; je déclare , au
contraire, qu'il doit être permis à qui voudra

d'aller à Sainte Genevieve, à Notre-Dame de Lorette, ou à Saint Jacques de Compostelle, & même, comme le bienheureux Labre, de pousser jusqu'à Jérusalem. Heureux ceux qui croient ! La foi transporte les montagnes ; elle feroit venir la mer jusques à Paris , & nous épargneroit la dépense énorme d'élargir la Seine , & de creuser un port au dessus du Champ de Mars. Mais cette foi n'est pas donnée à tous, & il est juste que l'Assemblée nationale s'occupe des intérêts de tout le monde. Si le peuple a besoin d'une religion , le philosophe, l'homme sensible, & l'honnête honnête en ont plus besoin encore. Voyez quels efforts ont faits Platon , Cicéron , & J. J. , pour nous persuader l'immortalité. Nous sommes en France un million de Théistes, observoit il y a vingt-cinq ans le Patriarche de Ferney ; depuis , ce nombre s'est accru jusqu'à l'infini, & très-probablement le théisme deviendra peu à peu la religion catholique, c'est-à-dire, universelle. L'estimable M. Rabaud, dont le civisme & les talens font tant d'honneur au clergé de Genève, demande des temples pour quatre millions de Protestans; le temple du théiste est l'univers : mais la Lanterne demande des églises, c'est à-dire, des

lieux d'assemblées pour huit millions de Théïs-
tes. Cette religion feroit digne de la majesté
& des lumieres du peuple françois. Dépouillée
des menfonges des autres cultes, qui tous ont
défiguré la divinité, elle ne conferveroit que
ce qu'ils ont d'augufte, la reconnoiffance d'un
Etre fuprême & l'idée de fa juftice, inféra-
rable de la récompenfe des bons & de la punition des méchans. Le philofophe exerce le
facerdoce de cette religion ; & il y a cet avantage pour le peuple, qu'il ne lui faut ni dixme,
ni cafuel, ni abbaye, ni prieuré, ni croupe,
ni penfion fur les bénéfices. Après avoir été
entendre l'Abbé Maury prêcher aux Quinze-
Vingts le célibat, on iroit à S. Sulpice ou
à S. Roch fuivre un carême ou un avent de
l'Abbé Raynal, ou de J. J. Rouffeau. Les
cérémonies religieufes & touchantes ne man-
queroient pas à ce culte. Que l'églife lui refti-
tue tout ce qu'elle a emprunté du paganifme,
qui n'eft que le théïfme altéré ; & au lieu de
la proceffion des Rogations, nous aurons la
proceffion de la fête de Palès ; au lieu de
l'eau bénite, l'eau luftrale ; au lieu du pain
béni, les agapes, les repas en commun des
Pithagoriciens ; au lieu de cette plaque de
cuivre ou d'argent qu'on nous préfente, nous

aurons l'ancienne cérémonie du baiſer de paix,
inſtitution ſi charmante pour qui ſavoit ſe
placer avantageuſement. Avons nous rien de
plus pieux que la priere d'Epictète ou l'hymne
de Cléanthe ? Qui eſt-ce qui ne ſe trouve
pas auſſi dévot, auſſi recueilli, lorſqu'à l'opéra
d'Alceſte il entend la priere du Grand Prêtre,
que lorſqu'à Notre-Dame il entend l'*O Salu-*
taris de Goſſec ? Pas une de nos fêtes qui ne
ſoit une imitation des fêtes payennes. Il y a plus;
nous n'avons ſouvent imité de ces fêtes que
leurs extravagances, ſans retenir leur but
moral. Je n'en veux pour exemple que ces
ſaturnales tant décriées, auxquelles eſt venu
ſuccédér le carnaval. Aux ſaturnales les Payens
ſe comportoient comme ſi le monde alloit
finir. C'étoit une fête commémorative, inſti-
tuée pour rappeler l'égalité originelle; c'étoit
une eſpece de déclaration chommée des droits
de l'homme. Tout y repréſentoit l'anéantiſſe-
ment futur des ſociétés. Il n'y avoit plus de
tribunaux, plus d'écoles, plus de ſénat, plus
de guerre. Tous les états étoient confondus.
On régaloit les pauvres à ſa table ſans diſtinc-
tion de rang. Les maîtres changeoient d'habits
avec leurs eſclaves, & les ſervoient à leur tour.
On payoit les dettes, les mois de nourrices,

& les loyers des pauvres. J'en ai dit affez pour faire fentir au clergé qu'il a tort de fe tant prévaloir de la prétendue néceffité de fa morale, dont on peut fort bien fe paffer. Je laiffe à l'Abbé Fauchet à faire un beau livre là-deffus, à nous donner un corps complet de religion, & à achever le Dieu national qu'il a fi heureu fement commencé.

———————

SE TROUVE A PARIS,

Chez L E J A Y fils, Libraire, rue de l'Echelle S. Honoré.

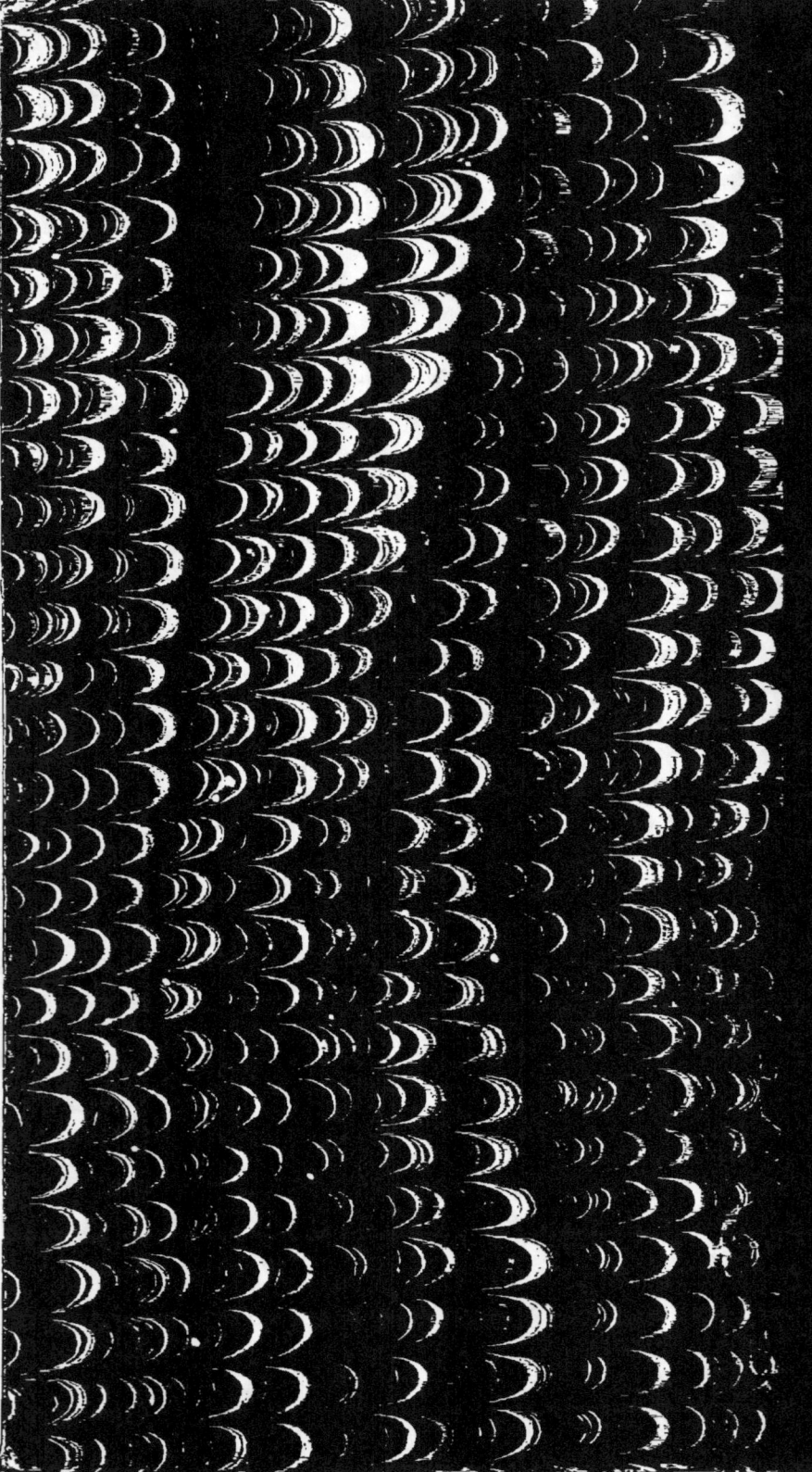

www.ingramcontent.com/pod-product-compliance
Lightning Source LLC
Chambersburg PA
CBHW070811260626
47161CB00006B/2240